당그래 젊은 시인선

뿌리의 노래

허영선 시집

당그래

뿌리의 노래

폭설, 이후. 한라산으로 가는 푸른 조릿대는 살아남은 눈과 죽어가는 눈에 휘덮여 비명도 없었다. 폭설에 갇혔으나 그것의 생은 완고했다.

그 눈 숲을 폭폭 빠지며 올랐다. 그 숲에서 그대를 보았다.

그해 겨울, 이 오름 저 오름 헤맸을 그대를 보았다.

등에 붙은 아기 떨어질세라 가슴 졸이며 헤진 버선발에 한라산자락 누볐다는.

그대를 보았다. 폭설의 아침, 짐승처럼 두 참길 네발로 기어서 친정집에 당도했다는.

그대를 보았다. 눈 덮인 오름에서 눈 녹여 밥했으나 자신은 굶을 수밖에 없었다는.

그대를 보았다. 폭설 몰아치는 그리움을 견딜 수 없어 한밤중 한 코 한 코 바느질로 달랬다는. 결국은 바닷물에 홧증을 재워야 했다는 그녀의 바다를 보았다.

뒤틀리는 뿌리가 흙을 움켜쥐고, 흙이 뿌리를 움켜쥐듯 오래도록 절였던 고통을 껴안고 나온 당신에게 나는 다가가고 싶었다. 새벽이 어둠을 베는 순간을 기다렸다가 나온, 이름 없는 그대의 노래를 듣고 싶었다. 과거의 바다를 헤치고 나온, 4·3 광풍 속에서 살아남은 여인들의 몸의 소리를 온몸으로 듣고 싶었다.

벗어날 수 없는 용암의 땅. 여전히 순정한 몸으로, 그렇게 살다간 이 땅의 수많은 여인들의 눈물을 누르고 싶었다. 단단한 암석을 뚫고 나온 뿌리처럼, 거친 돌밭을 뚫고 나온 따뜻한 흙살처럼.

이십년 만에 두 번째 시집을 낸다. 세월이 흘렀으나 모순되게도 나는 여전히 제주섬에 휘몰아치는 삭풍 속에서 허우적거리고 있다. 불확실한 전망 속에 내놓았던 첫 시집의 자서에서 굳어버림처럼 고통스런 일은 없다고 썼었다. 그때 내가 한 약속은 유효한가?

내가 헌사를 한다면 이는 고통을 견뎌준 이 땅과 그대들일 것이다.

2003년 겨울
허 영 선

제1부 여인 열전

제2부 지금은 유채꽃 필 때

제3부 흙

제4부 돌아서 오는 길

10

제1부 여인 열전

무명천 할머니

-월령리 진아영*

한 여자가 울담 아래 쪼그려 있네
손바닥 선인장처럼 앉아 있네
희디 흰 무명천 턱을 싸맨 채

울음이 소리가 되고 소리가 울음이 되는
그녀, 끅끅 막힌 목젖의 음운 나는 알 수 없네
가슴뼈로 후둑이는 그녀의 울음 난 알 수 없네
무자년** 그 날, 살려고 후다닥 내달린 밭담 안에서
누가 날렸는지 모를
날카로운 한발에 송두리째 날아가 버린 턱
당해보지 않은 나는 알 수가 없네
그 고통 속에 허구한 밤 뒤채이는
어둠을 본 적 없는 나는 알 수 없네
링거를 맞지 않고는 잠들 수 없는
그녀 몸의 소리를
모든 말은 부호처럼 날아가 비명횡사하고
모든 꿈은 먼 바다로 가 꽂히고

---

*1914년 생. 북제주군 한경면 판포리에서 4·3때 총을 맞고 턱을 잃었다. 무명천으
로 턱을 감싼 채 월령리에서 홀로 살아왔다. 2003년 89세로 금악에 살고 있음.
**1948년 4·3이 발발하던 해를 뜻함.

어둠이 깊을수록 통증은 깊어지네
홀로 헛것들과 싸우며 새벽을 기다리던
그래 본 적 없는 나는
그 깊은 고통을 진정 알 길 없네
그녀 딛는 곳마다 헛딛는 말들을 알 수 있다고
바다 새가 꾸룩대고 있네
지금 대명천지 홀홀 자물쇠 벗기는
베롱한 세상
한 세상 왔다지만
꽁꽁 자물쇠 채운 문전에서
한 여자가 슬픈 눈 비린 저녁놀에 얼굴 묻네
오늘도 희디흰 무명천 받치고
울담 아래 앉아 있네
한 여자가

(2003)

14

1993년 5월, 고 할머니

-연미마을 고난향*

자리 틀면 온유할까
날볕 창창한 오월, 고 할머니는
무거운 봄잠에 취해 흑색보다 가문
가슴팍을 돌 흙밭에 뉘었다
귀멀고 눈멀도록 마음이 파놓은 밭고랑을
헤살 짓던 아마득한 세월도 함께 뉘었다
퍼런 보릿살 달래며 파밭 무밭 나물 키울 때
미나리 새순 같던 푸른 팔목이 누렇게 익어갔다
픽픽한 토갱이 땅 흙살로 터지면서 여든 여섯 생
피울음 먹고 퉁퉁 보릿살도 올랐다

얕은 뒷 숲 앞 숲서
멧새 우는 소리
이제야 식어가는 가슴뼈
지렛대를 따갑게 들어 올렸다

다시 숨고 싶었다

---

*4·3당시 제주읍내 인접마을인 연미마을에서 홀로 여섯 아들 키우다 그중 다섯
을 잃었고 빨갱이 누명을 쓰고 전주교도소서 10개월간 옥살이까지 겪었다. 2000
년 5월 90세를 일기로 세상을 떴다.

보리순도 안 뵈던 그해 사월이던가, 오월이던가
침침하던 이슬 새벽, 갈적삼 검정 고무신
흰 광목 머릿수건 얹고 내달렸다
쑥대밭 질러 우묵진 돌 굴헝밭
매운 마늘 씨앗 꽂듯 속눈물 꽂아 놓고
횡 돌아앉아 한라산을 이마에 감쌌다
그 위로 갑자기 그 해 여름 홀연
재 불림한 어린 네 아들 차올라
가슴 둔덕으로 밀물지는 어깨 울음
콩새처럼 고개를 박아버렸다
일당벌이 농투성이들은 다행히 보이지 않았다

당당하게 봄잠의 지붕을 거두고 있는 울안 팽나무
짙은 잎사귀로 가슴살 굵은 골을 덮고 있었다
1993년 5월
아직도 마음밭 이랑은 깊은 어둠
자리 틀면 온유할까
서녘으로 짐 옮기던 구름장, 쑥향 떠메고 와
연미마을 고 할머니 봄잠의 지붕위로 내려앉고 있었다

(1993)

16

당신에게

엊그제 서울 갔다 오는 길
정뜨르 비행장에 발 디뎠습니다
그런데도 왜 아무 생각이 안 났는지
어딘 가서 생매장 당한 잠으로 떠도는 당신
생각하니 미안하고 미안하기만 했습니다

큰 놈은 제주공항 내리고 오를 때마다
비념을 한다는데, 아 나는 어쩐다지
아무 생각이 안 났습니다
무덤 없는 무덤 껴안고 56년
누구를 원망하지 않습니다
그때 그 운, '속살지 운*'이란 나쁜 운 때문 아니겠습니까
들을 수도 없고 말할 수도 없었습니다

그날 이후, 당신
생시처럼 꿈길에 왔다간 날엔
일이 술술 풀렸습니다
짙은 남색 양복 입고 죽은 아기 띠로 매어 업기도 했고

---

*자기 잘못이 없어도 죽을 만큼의 나쁜 운을 뜻하는 말로 쓰였던 듯하다.

집 지을 땐 나무를 사주기도 했습니다
그런 날 아침엔 꼭 일이 쉬웠습니다
당신, 죽었으나 죽은 게 아니었습니다

일본 징용 1년 3개월에 죽을 운 다시 만나
이리저리 사선 헤매다 돌아온 고향
"아기 잘 키우며 잘 사시오"
마지막 남긴 말이었다지요

내가 다닌 자욱
내가 디딘 걸음 자욱마다
어디 피 맺지 않은 곳 없습니다

당신 가고 산천에 연분홍 꽃바람 날리는 계절
수도 없이 가고 오고
천지의 동백산천 벙그러지는 날
통일된 날, 당신 살아오겠지요

(2003)

꿈인 거 맞지요

-상천리 강도화*할머니

꿈인 거 맞지요. 모진 꿈 한번 꾸었습니다.
스물 여섯 청상에
등골 하나 나간 채 살고 있는 것도
험한 꿈 맞지요
살자고 섣달그믐 키 넘은 눈밭 한라산
헤엄치며 올랐던 것도 꿈인 게지요
그해 겨울, 곡절 없이 끌려 간 중문지서
옹이 박힌 화목에 앉은 채로 살 터진 내 등판
순식간에 숨이 톡 끊어져,
죽었는가
한참 지나서야 숨이 다시 새 나오던
머리 등짝 허리 다리 어디 살빛이라곤 없던 내 몸
정신은 삽시에 나동그라지고 숨은 콱콱 막히던
독한 꿈 한번 꾼 거 맞지요
기어 다닐 수도 걸어 다닐 수도 없던 그 겨울
그때 내 뱃속 아기 일곱 달
매 맞는 에미 품에서 꽁꽁 숨죽인 채
질기게 살았던 사내 아이

---

*4·3때 남편, 시부모, 시동생, 아들 죽고 홀로 자식 키웠다. 2003년 83세로 안덕면
상천리서 살고 있다.

동짓달 그믐부터 숨은 살고 눈은 팔롱팔롱
4월에 난 그 아기, 뒷 해 정월에 죽을 때
아파서 죽어 가도 약 한 첩 못써 본
그 시국 넘은 것 꿈이지요, 꿈인 것 맞지요
명 긴 아긴 사는지
첫 돌 넘은 딸아기도 울지 말라
소리 나면 죽는다
팡하면 죽는다 소리에 숨소리도 안내던
그 시절 넘긴 것
아, 이런 것도 꿈이라면 꿈 맞지요
홍을삼 각시 양성원의 처는 어땠는지 아시나요
애기구덕 안은 채 죽을 둥 살 둥 달렸지요
돌오름 지경 애기 울음
한참 후 나와 보니
애기구덕 안은 채 그녀 죽고
그 애기 서른까지 살다 죽었대요

(2003)

그 날

50년 음력 8월 열 하루
남편 죽었단 기별 듣던 날
8월 염천에 몇 날 며칠 넋 나갔다
폐허된 허공만 잡혔다
어둑하면 방에 들었고
밝으면 문전에 비시시 오그려 앉았다, 내리 사흘
아무 말도 못했고 아무 생각도 없었다
아무 일도 못했고 아무 것도 먹지 못했다
아이 셋 울며 보챘는지 어땠는지
숟가락은 들었는지 어땠는지 아무 생각 없었다
눈물은 어디로 갔는지
마음은 기진맥진 어디로 갔는지
속이 막히면 뼈까지 바싹 말라 버린다는 것
그때야 알았다
속이 에이면 앞마저 보얗게 안 보인다는 것
아, 그날 처음 알았다.

지금도
한밤중 문득 눈뜨면 가슴엣 것 치밀어
오지 않는 그 사람 기다린다

(2003)

21

죽은 아기를 위한 어머니의 노래

-남원 '고사리' 김 할머니*

아가야
거친오름 능선이 발딱 일어나 나를 일으켰고
나는 맨발로 너를 품고 사생결단 내질렀다
네 곧 터져 나올 숨소리 막아내며 달렸다
거친오름 낮은 계곡으로 치달을 때
기어이 너는 세상을 열었구나
와랑와랑 핏물 흥건한 바닥에 너를 내려놓고
불속 뛰듯 달려야 했다 아가야
갈적삼 통몸뼈에 굳은 피 계곡으로
콸콸 쏟아져 내렸으나
너를 어쩌지 못했다 아가야
내달릴 수밖에 없었다
그때 내 몸은, 검붉다 못해 뜨거운 용암덩이
나의 몸은 나의 몸이 아니었다 아가야
용서해라 사정없는 칼바람은
죄업으로 몰아친 내 심장을 가격했다
너를 버티게 해 줄 숲은 어디에도 없었다 아가야
벼랑 위 심장을 억누른 내 생은 내 것이 아니었다

---

*남원읍 남원리서 홀로 살고 있다. 2003년 여든 셋. 만삭의 몸으로 4·3을 당해 아
이를 잃었다.

무엇이냐 내 청춘의 기슭 깊숙이
쩔레낭 멩게낭 가시덤불에 긁히며 내려친 것은
2002년 사월 오늘도 고사리 삶으며
내 청춘의 피 흐르던 그날을 생각하면
잊힐 것 어찌 잊히겠느냐 아가야
이렇게도 출렁이는 심장은 다 무엇이냐 아가야
이름도 없었던 네 숨결인 양
한밤중 흐느끼는 거친오름 연노랑 양지꽃
바람 따라 어딘가서 숨 다한 너를 생각한다
등 굽은 고사리에 등 한번 굽힐 때마다

(2001)

울멍 마농 먹듯*

-고내리 홍 보살님**

말할 수 있을 때 말하리
왜 이리 살았느냐 묻지 마라
왜 홀로 사느냐 묻지 마라
손엣 가시 하나도 상처라는 세상
내 나이 스물다섯, 광기 어린 쇠좆매 후려쳐도
거듭 거듭 이름 불지 않았다
거꾸로 매달려 물벼락에 육신 젖어도
결단코 지목하지 않았다

피못 박힌 가슴
무자식 청상에 눈물 바람 일어도 시어미 몰랐다
보리 훑고 미녕 지을 때
바늘땀에 내 눈물 꿰고 있던 것을 누구도 몰랐다
재 묻은 옷 벗을 날 없던 설운 청상
마실 가던 날 기억하지
시어미 몰래 무명 저고리 가슴에 품고 갔던
산중허리께 넘어서야 그 옷 살짝 바꿔 입던

---

* 울며 마늘 먹듯
**갓 결혼해 제주시 오라동에서 살다 4·3 당해 남편 행방불명. 2003년 81세.

스물 셋 사상도 모른 저 남편
지금도 절집 후원 한 칸 머리맡에서 흑백으로 웃고 있는
목포형무손지 어딘지 모르나 행불이라지
맨 처음 10년 세월 삽작문 방싯해도
가슴 설렁였다 행여 내 사랑인가
바람 없는 날에도 대문소린 왜 그리 허걱댔나 몰라
와다닥 가슴 깨지는 소리로 들렸는가 몰라
보름 이운 달빛 한 그리메 어른거려 나가 본다
그대 없는 먹구슬낭, 그 아래서 왈칵 북받쳤다
바람길로 오시나
바닷길로 오시나
가슴벽 타고 도는 숯등걸 달래며
울멍 마농 먹듯
그 소리 지나온 법당 사십 년
새벽 3시 예불에 몸을 달랬다

(2001)

1995년 8월 26일, 현정생 할머니*

성산포 오조리 한칸 초가
삐걱거리는 툇마루, 그 아래 싸리비 매달려
매달린 그 귀퉁이로
고집스레 늙어가는 둥근 바다엣 것 하나
칼바람 소리 내며 둥둥
바다 위를 쓸며 그렁그렁 쉰기침 소리 내고 있다
그 둥근 소리 흔들거리는 그녀의 집
그물망 촘촘히 거미의 집 짓는 소리 듣는 그녀
아흔 다섯인가 여섯인가 아직은 희미하지만
그 셈이 무슨 상관이람
어린 것 열 셋 놓고 반 타작 했다는
저 생애의 그물코 아래서
이젠 서슴없어라 왈랑 왈랑 드러내도 부끄럽지 않네
무 말랭이같은 묵은 젖가슴
"이것이 그래도 스물 댓 살 적엔…
  핏댕이 놓자마자 떨궈놓고
  물질 나설 땐 가릴 게 없었주"
탱탱 밀빵처럼 부풀어 멀건 젖살

---

*남제주군 성산읍 오조리에서 평생 해녀로 살면서 자식들 키웠다. 1995년 96세.

벙그렇게 바다에 뿌렸다네
물릴 데란 오직 빈 몸 받아주는 바다뿐
젖살 눈물 살
물오른 오지항아리 만한 가슴엣 것
한 번에 여섯 차례 들락날락, 숨 팔고 숨 열어
풀고 풀어 놨으니 아흔 다섯 생
현무암 각질처럼 굳은 살
지금도 아른거린다
아깝고 아까워라
그녀 쥐어 짠 젖살 먹고 저 바다 지금도
통통 살 올랐겠거니
해초가 먹고 수초가 먹고 폴폴 자랐겠거니
바닷물에 씻길대로 씻겨져
대천 바다로 흐르겠거니
이젠 누구하나 딱딱한 굳은 살 모른 척 할 뿐이라네

(1995)

놋쇠 순가락

-문임생 할머니*

눈물처럼 그렁그렁 별빛 쏟아지고
달만 비룽비룽 천지가 새하얗던 한라산
정신마저 와르르 덤불더미 속에 숨은 시절
한밤중에 손톱 불며, 멩게낭
마디마디 숨죽여 끊었지

목숨 걸고 배급 받은 조 두되
산지사방 바람소리 외치는데
흐릿 관절 시부모님, 여섯 살 아들
좁쌀 끓여 엿새 주린 곡기 채웠으니
어디 좁쌀 먹고 눈 똥이 힘 있었겠나

이유도 없이, 기세 등등 명령 따라
동부두 주정공장 60일 사는 새
젊은 남편, 대전형무소 7년 형
1년만 기다려라, 바람처럼 핑 사라져
행불 50년

---

*오라동에서 4·3때 시부모 잃고 남편 행방불명돼 여섯 살 난 아들 키우며 홀로
살아왔다. 2003년 85세.

매일 아침 더운 밥 한 사발 올렸다
사발에선 늘 모락모락
남편의 눈물 바람 흘러 내렸다
아무 것도 모른 것이 죄였던
산다는 것 하나로 참아 내던
검은 세월
끼니마다 놋쇠 숟가락 하나 닦았다
반짝 반짝 닦고 또 닦았다
부재중 소리 내는 놋쇠 숟가락엔
숨은 시절
이산 저산 흩어진 살과 뼈
한 갈래 흙으로 덮지 못한
설운님들 소리가 푸른 녹으로 피고 있다
폭풍같이 엄습한 숱한 목숨 보면서도
짐승인 듯 식량만 찾던
지금도 와당탕 가슴 치는
숨은 시절 살고 있다

(2003)

조천리 김인생 할머니

그 때 숲은 어땠는지 아나
향기란 향기 한꺼번에 안으로 닫아걸고
꽝꽝나무 예덕나무 상수리나무
온갖 식물들이 뒤틀려 몸체로 문드러지고 갈라지고
갈기 선 대지가 절룩거리던,
그때 나는 보았다
가쁜 숨 몰아치던 뒷 숲에서
완강한 대밭이 스러지고
서서히 늙어가는 다리처럼
와스스 맨 땅으로 주저앉던 앉은뱅이 꽃
나는 보았다 수리대에 숨죽여
내 여섯 살의 조카
세발 총알 꽂고 꺾어질 때
너만은 안 된다
마지막 힘 한 방울로 담요에 돌돌 말아
대밭으로 힘껏 내던지시던 증조할머님
내 입은 갈퀴나물 엉겅퀴처럼 지독하게
떨리는 바늘처럼 자리를 잃었지

그 조카 김용길 나는 보았지

93년 어느 날 조간신문에서
아라동 과수원 판잣집에서 홀로 살다 불에 타죽었다는
조각난 관절뼈로 평생 목발로 선 채 살았다는
왼팔 한 번 구부리지 못한 채 살았다는

때로는 바라보는 것보다
고백하는 편이 나을 때가 있다지
털고 털어 마음에 살던 말들 떠나보내면
마음 벽에 붙어 떨어질 줄 모르던
성긴 왕가시낭 가지도 떨어지지 않겠나

(2003)

옹포리 김 할머니

난리 통에 홀로 됐다는
옹포리 김 할머니
한라산 나무 등으로 나르던 시절
마흔에 홀로 돌집 지으셨다
하나하나 등짐 져 현무암을 날랐다
돌 틈 사이사이로 흙을 발랐다
굵고 실한 놈으론 맨바닥을 깔았다
서북풍 갈기 세운 옹포바다 위로
수 천 수만의 부릅뜬 어둠까지
송두리째 부서져 내려도
할머니 돌집 무너지지 않았다
삭풍이 들개처럼 씨근대며 짖어대는 밤에도
바람 속의 넋 불러들인
할머니의 돌집 용감하게 버텨냈다
도시의 아이들이 불러도 아서라 홀로 여든 해
뻣대 세운 바람이 문풍지 갈기갈기 찢는 밤에도
할머니 가슴은
제주도 돌담처럼 무너지지 않았다
단단한 가슴의 옹벽 무너지지 않았다
비양도 붉은 놀 돌집 휘감고

그 놀빛 바다로 아린 순정 스칠 때
할머니 가슴 비로소 세차게 흔들렸다

(2002)

무 밭을 지나며

-양화옥 할머니

아직은 소리 칠 수 없습니다
느닷없이
무자년 햇살 무참하게 버려진 그 날,
푸를 대로 푸르러진 무청
이미 집 잃고 마음 잃고
밑동은 밑동대로 벗겨진 채 동강 나

이리저리 푸른 넋 풀어 헤친 무청 그 고운 속살
더 이상 보여줄 속없어
주인 잃은 일쯤이야 대수겠습니까
번성하던 콩밭의 콩꽃 무밭의 무꽃 일어서듯
허리 수그릴 때마다 들길 불길 마음길
일으키며 미망을 깨우던 당신 삶
그날의 무즙 괸 푸른 마음결 어디로 갔나요

천길 만길 저승길도 넘나드는 서러운 일흔의 그물망
새벽 잠수 길에 수시로 걸려드는
허정한 마음 재울 길 없어
지상에 마음 한 칸 띄울 길 없어
지새던 찬 새벽을 기억합니다

선혈처럼 낭랑한 햇살 파들대는 남녘 모래 밭
칸나 꽃물 뚝뚝 문풍지 발갛게 물들이던 초례의 밤도
무청 속살 벗길 대로 벗겨진 수치의 한낮 되어
차운 밤이어도
와랑와랑 속엣 홧증 재울 길 없어
활활 잠수로 씻어내던, 당신
그 해 그 날의 무밭 한가운데
가릴 것도 없어진 무정한 사랑 하나 발겨놓고
낡은 그물망 치고 있습니다

(1992)

화옥이 할머니*

갯 바윗돌 위에 내가 앉았다
또 하나 나처럼 앉은 외로운 그림자 있다
저녁 야위어 갈 때
이따금 나를 부르는 유월의 그 향내였다

연대 바닷가
이곳에선 저 건너편의 동귀리
양화옥 할머니의 파란 색 양철 지붕도 보였다
지금 그 지붕 아랜
여든은 족히 건너셨을 할머니
청춘에 잠수하듯 물길 헤친 육지 형무소
지아비 살과 뼈 조각조각 맞추고 건너 왔다는 그녀
검은 잠수복 여전히 출렁이겠지

갯바윗돌 틈새로
갯메꽃 그 여린 분홍꽃 잎사귀
바람에 한 귓볼 슬쩍 구부러졌다

---

*양화옥: 1914년생. 북제주군 애월읍 동귀리에서 여든까지 잠수일을 했다. 4·3때 어부였던 남편이 느닷없이 잡혀가 목포형무소에서 죽었다. 2001년 5월 별세.

메꽃 술 사이로 퍼덕인다 화옥이 할머니
문어발처럼
완강한 오리발 끼우곤 기어이 숟가락 건네셨지
올 수 없는 사랑 하염없이 기다리며
화옥이 할머니
오늘도 풀죽 같은 우뭇가사리 솥단지
휘휘 젓고 있을까

(1998)

증 언
-정갑선

밤이면 옛집 터에 내려와
남은 식량 뒤지고
고구마 캐내 연명하고
대낮엔 자왈 속에 숨었습니다

한라산 고사목 탱탱 얼어붙는 밤
무명에 솜 누벼 수건처럼
머리 귀를 덮었습니다
겨울지나
수건 귀꼭지 총알에 스쳐도 나는
용케 살았습니다
나뭇가지에 눈 덮여 그 위에 쪼그려
지냈습니다
손윗동선 토벌대 소리에 어린 두 딸
손으로 틀어막아
그렇게 죽은 아기 많고 많지요
죽었으나 쫓기는 몸들
묻어줄 수 없었지요

한라산 초기왓엔 수백 명 펑펑 스러져

어린 아기들은 업힌 채 안긴 채로
여럿이 죽었습니다
안전한 섬 한 채 어디에도 없었습니다

(2003)

가문동 할머니 가슴엔

넓적 떡갈잎 한 장만한 얼굴
그녀는 아직도 가문동 할머니
자오록한 눈꺼풀 세상 가리는 그늘
생의 이른 아침도 빼앗겨 화구호 가슴 젖힌 채
지평선으로 낸 선창에 앉아 있다
좋은 날엔 고동 군단이 물 밖 구경나와
검은 갯바위에 바리바리 꼬물대며
검불 덮인 눈마을을 즐겁게 해주었다
열아홉 친친 가슴 동여맨 채 넙패라는 해초만 먹고
일주일간 숨었다던 그 때 그해
금덕리 처녀의 바다는 어디로 갔을까
손깍지 낀 무릎 사이로 아직 못 떠나는 청상의 흉터
더 또렷하기만 하다
깊이로야 바다 심장만 못하겠느냐
물길의 깊이만 못하겠느냐
가슴 한 켠 토갱이밭에 쇠비름 자랄 대로 자라
바람만 숨 가쁜 초옥
붓꽃내도 세월 함께 떠났으니
그녀 이제는 만만하다 해송등걸
휘어지면 휘어지는 대로 살기로

작정한 사람 같았다
아무도 묻지 않았다
아무 것도 말하지 않았다 낡은 대문처럼
아무도 그녀안의 섬에 닿으려 하지 않았다

(1999)

어느 인생

-김 할머니

나는 사상이 뭔지 모르지
어렴풋이 알 듯도 하지만 모르는 게 편치
감옥살이 스물 다섯 해
누군들 이야기 없는 생이 있을까
그때 나도 서른 아홉 실한 몸이었지
물질에 능하던 열 일곱도 있었다네
아하, 이제 내 나이 여든 넷
돌고 돌아 인생의 두 해 쯤이었다면 딱 좋았지
아무려나, 그깟 게 대순가
잠깐이지, 그 세월은
텔레비전 연속극처럼 외국 영화 자막처럼
청춘이 어떻게 생긴 건지 모르지만
살다 보면 꽃바람도 있고 비바람도 있다지만

김 할머니, 높은 혈압에 눈 점점 가물거려
갈 볕살에도 흰 수건 꼭꼭 감싸시네
"눈을 가려야주, 해를 볼 수 없네"
추억길 밟으며
바닷길 홀로 나앉아
산 아래서 산위로 땅위서 아래로

동굴 같은 캄캄한 잠 안에서 잠 밖으로 허튼 숨 뱉네
"살다보면 사는 거여"

(1994)

한라산 관음사

　　-어머니의 기억

한라산 관음사엔 돌담의 경계가 있다
유월이면 향그런 때죽나무 꽃목숨만 눈발처럼
한들한들 경계를 넘나드는

한라산 관음사엔 꽃숨 팔딱팔딱 누르던
어머니의 숨은 시절 있다
낟알같이 눈발은 내리는데,
하염없이 땅의 거죽을 덮어 쌓이는데
열 아홉에 죽기 살기로 맨발로 달렸다는
관음사 남쪽 밀림 속 초가왓
남정네들이
나뭇잎으로 움막을 만들었다지
청미래덩굴 톡톡 연기 새지 않도록 지폈다지
강추위 속 갈적삼
지긋지긋하게 눈은 내리고 내려 쌓였다지
집이 사라지고 길이 사라지고
콩밭 가득 새하얗게 널브러져
눈 앞의 생이 사라지고 있었다네, 그해 겨울
젊은이 앞서서 길을 내면
어머니, 죽기 살기로 달려갔다지

한라산 관음사
골골마다 바람살 눈살 휘청이며 몰아칠 때면
그 곳 돌담의 경계는 악소리도 다문 채
여전히 대치상태로 눈을 뜨고 있다

(2001)

제2부 지금은 유채꽃 필 때

중산간 마을

그 때, 북서풍이 몰아쳤다
우리는 꼼짝없이 바람 치는 방향으로 까무러쳤다
마을은 더 이상 숨을 몰아쉬기가 어려웠다

사방천지 핏발 선 계엄령
먹구름도 혼비백산 흩어지던
결국, 마을은 어디론가 떠나야 했다
순식간에 몰아친 그해 그날의, 천둥 벼락
숨죽인 마을들은
꾹꾹 참느라 이빨이 한꺼번에 헐린
헛간마다 빗장을 채우기로 했다

시뻘겋게 달아오른 마을 어귀론
우우우 짐승처럼 소리치다 한 무리씩 떨어져 나가는
갈 곳 없는 인간의 심장들이 푸들거렸다
알 수 없는 힘에 밀린
달 없는 밤, 별 없는 밤
뼛골의 가지가 핏물 들끓는 대지위에
주저앉았다
혈관을 드러낸 용암의 바다가 화상 입은

여린 넋들을 불러냈다
억장마저 무너진 지붕들은
구부러지고, 휘어지고, 비틀리는 광풍의 살에
실려 이미 형체도 없이 사라졌다
치욕이 얼굴 들어 소름 돋던
팽나무 몸통 안으로 흐느끼던 마을은
섬 한복판을 돌고 돌다가
기어이 숨을 멈추었다

북서풍 몰아치는 날이면
사라진 마을 바싹 웅크린 지붕과 지붕들이
파도 속울음 긁듯 온 몸으로 쟁쟁거리고 있다

(2003)

다랑쉬 동굴* 비가

도대체 천지의 새벽은 있었는가, 세상 문밖은
폭설 붉게 몰아치던 은월봉 돌오름 손지봉
부둥켜 끅끅 생울음 삼키던 분지로
슬픈 눈발이 흩어진다
무리져 얼크러진 한 생이 흩어진다
여린 유채꽃 대궁 하나만도 못했지, 목숨은
돌아갈 곳이란 숨겨둔 마음의 행처 하나 밖에 없어
동굴 속 한줄기 빛에 관한 관측은 어디에도 없어
난분분 분지마다 폭설은 쌓이고 쌓였지
한꺼번에 스러져 엎드린 마른 억새 황야의 이승과 저승
한치 앞 생도 예측할 수 없이 쓸려오고 쓸려가
곡기 주린 삶 앞으로 황급히 몰려왔다 몰려간
그 해, 연기의 역사
산자들의 꿈길을 재촉하지 않았겠나
버거운 연장의 삶은 부려 놓아라
뒹구는 녹슨 비녀 한 짝
어둠 속 죽어가는 풀꽃 잔뿌리는 매일 밤 죽어서도
뱉어 낼 무엇이 있었을까

---

*1992년 제주 중산간 다랑쉬굴에서 4·3당시 토벌대에 의해 희생된 11구의 유골이
발견됨.

여린 울음마저 가둬버린 토굴 속의 잠
깊을 대로 깊어진 저 학살의 골짝마다
뼛골 사위어 가는 어둠의 나라
비로소 먼저 온 자, 문을 열었구나
아직도 들려오는 대처의 풍설은 흉흉하고 음험해
능란한 침묵은 더 능란한 자들의 세상
이제 웅숭거리는 소리마저 이슥토록
우거진 덤불 가시에 찔려
어떻게 견뎌내지?
함께 썩음이 될 때까지,
우린 매일 밤 컴컴한 토굴 속 어둠의 나라
꿈길 헛길만 짚을 수밖에

(1992)

유채꽃

그렇다면 그대
내 서럽도록 속잎 타는 봄날의 내력을
아시는지요
수왕수왕 한라산 칼끝바람 도처로
바닷물에 데이며 몸 끓는
억새밭 무덤 저기 저
비치미오름 개오름 생이오름 사근이오름 용눈이오름
꽉꽉 가슴팍 기어오르는
고사목 희디흰 몸통의 잠 붙일 데 없어
온 힘으로 오르내리며 시달리는
내 쪽잠의 역사를 아시는지요
밖으로는 향그런 속살 한번 터뜨리지 못해
한세상 속 저리며 일궈온 땅
살아서야 노랗게 빛나는 허망 볼 수밖에
가슴 속 괴인 것 여지껏 풀지 못해
지울 수 없는 무자년 봄날, 난데없는
꿈길에 밟혀도
마른 울음 재울 수밖에
그렇다면 그대여,
올 봄도 안으로 안으로 상처 덧바르며

우 일어서서 온 섬 흔들리우는
내 봄날의 시린 마음도 아시는지요

(1992)

한라산 고사목

해발 1600에 다리를 뻗습니다
살아 백년 죽어 천년
한라산 구상나무숲

스무 살 시절에 한라산 올랐습니다
고사목 퀭한 윗세오름
눈벌에 뿌리내린 고사목 청정했습니다
나이 마흔 넘어
올라가는 한라산
아직도 살아남아 버티고 있는
고사목 만져 봅니다
비울 것 다 비우고
제 몸엣 것 훌훌 줘 버린 채
기억의 뼛대 하나만 세우고도
저렇게 견딜 수 있다는 건
스스로 경계할 아무 것도
걸치지 않은 탓일 겁니다
근본으로만 살고 싶다는 소리 없는
외침일 겁니다

(2003)

성산포 가는 길

마음이 지는 곳에서 길이 다하고 있습니다
거둘 것 없는 자에게도 거두리라
보이지 않는 길까지 걸어서 닿아야겠습니다
숲은 더 이상 무성하지 않고
그날 바랑 하나 진 채 허우적거리는
휑하니 가고 오지 않는 그림자 따라
빈 길까지 걸어서 닿아야겠습니다

마음 구르는 대로 새벽은 구르고
자귀나무는 안개로 뒤덮여 꽃 진 자리
버려진 것들은 버려져 아무 데나
뒹굴고, 자귀숲 사이로 느닷없이
솟아나는 의혹의 죽음은
산자의 신경에 통증을 보태줍니다

붙잡을 수 없는 곳까지 걸어서
닿으려 합니다

(1992)

세월

눈뜨니 온 몸에 붉디붉은 꽃잎이 돋았습니다
밤새 혈관을 돌아 돌아
그리움의 핏물도 이젠 흔적만 남았습니다
모질고 모진 것만 모여서 흐르지 않는 피
얼마나 속울음 울궈 내야
포기하지 않는 희망이 되겠습니까

저 홀로 가슴의 바람살 빗발 되어
흐늘이고 흐늘여 더 울궈 낼 눈물샘이 없습니다
유도화 미치도록 물살 지는 젖은 땅에서
그리운 당신의 뼈를 찾습니다
퉁퉁 불은 가슴 맨 땅
얼마나 가슴뼈 흔들어야
한라산 휘돌아온 끈끈이 바람을
재울 수 있는 겁니까

이제 건널 수 없는 검은 숲 사이로
들어가 쌓이기만 하고
부서지지 않는
그리운 나라 당신의 나라로 가려 합니다

(1992)

57

수마포*

안개 아득한 날에는
모래밭에 집을 짓던 순비기 향그러이
풍진 저잣거리로 나서기도 하고
갈밭의 갈대로 서서 부딪기도 하고
부들의 뼈가지로 우는 소리를 내기도 하지

꼭 그런 날이 아니어도
성산일출봉 꼭짓점에 서서 굽어 보면
시퍼런 칼날이 빛으로
눈알은 눈알대로
힘살은 힘살대로
핏줄은 핏줄로
떠다니는 것을 볼 수 있지

꼭 그런 날이 아니어도
마흔 해 전 정월 명절
기다리던 젊은 아내
찾아서 목숨 걸고 수마포 건너 왔던
이모부, 서른넷의 청춘이 두개골로 쪼개졌다던

---

*성산일출봉 주변의 해변.

엄청난 역사가 떠올라
이모님 울음소리 해초보다 더 질기게 웅웅거리지
그날 치맛폭에 황급히 싸안고
뛰었던 골수의 핏물 흥건해
살얼음 캉캉 언 정월 아니어도
순비기꽃 피는 한더위에도
이모님 어깨위로 쏟아지는 서늘한 핏줄
마흔 해가 지나서도 더 생생하다는
말씀 물풀처럼 붙어 떨어질 줄 몰라

(1992)

가시의 추억

목에도 살갗에도 수시로 깊게
고사목 묵은 상처의 줄기처럼, 날카롭게
언젯적 죽은 생선이지, 그것은
살 풀어진 추억처럼 뱅뱅 돌며
어머니 목젖을 놓아주지 않는구나
긁히고 휘어진 다래넌출 같은 삶
절벅거리는 관절 끌고 일흔 어머니
잔기침에도 덜컥 걸리게 하는구나
참으로 허둥대며
제 길 찾지 못하는구나
매일 매일 섬의 구석구석
웅크린 여린 살갗을 찾아
어디에고 굴러다닐 생각을 하는구나, 너는
캄캄한 삶 위를 구르면서
구르는 바퀴처럼 박혀드는구나
서럽게 자리펴는구나
어머니 삶 속의 상처가 내 삶 속의 상처로
모든 흐르는 길 위에
그림자로 자리 펼 때까지
시퍼렇게, 등 푸른 가시로 살아나는구나

자꾸 번지는 비듬처럼 사소하게 뻗어가는
저 나이 먹은 가시
어머니 생의 모서리를 하나씩 찌르며 길 틔우는구나

(1992)

상처

네가 오지 않으면 내가 따라 가리라
낙타의 등판으로 굽어가는 어둠 헤치고
산오름 등성이 굽이굽이 건너리라
억새풀 신사라풀 앞세워
반딧불 길섶에 길 트는 모랫길
벼랑길 따라 가리라

구부린 허기 무럭무럭 자라는
힘살 하나 앞세워
잃을 것 다 잃어 더 이상 무얼 바라나
네가 오지 않는다면 내가 따라 가리라
팔목의 밧줄 하나 묶임 하고서도

(1992)

자운당

이 밭에서 어떤 일이 있었는지 아나
사람들이 내다버린 감자처럼 누워 뒹굴고
누에처럼 꼬부라져 엉킨 죽음들
그도 모자라 푹푹 흙으로 썩어가던 비밀을 아나

학교마다 돌밭마다
"이 사람을 아는가"
입만 벙긋하면 죽던 시절
이 설운 돌밭에선
설운 사람들의 목소리
밤마다 몰려나와
후두둑 고랑마다 비애가 늪을 이룬 비밀을 아나

초여름 신새벽 별도악 갯지렁이
바다의 육신으로 물오른
갯지렁 떼죽음 밟고 올랐다
한때 그런 떼죽음이 있었다
죽어서도 꿈틀대는
그런 비밀이 있었다

(2002)

63

식량이야기

농사짓고 밥 먹으면
그 이상의 삶이 안보이던 때 이야깁니다
무밭 메밀밭 가릴 데 없이 픽픽 사라지던 사람들
젖 달래도 먹일 수 없었던 때 이야깁니다

배고프면 보리 뜯어 부벼 먹곡*
보리눌 속 반쯤 익은 감자 주워 먹곡
봄이면 쑥 파래 여름엔 콩잎 먹곡
고구마찌꺼기
고등어 몸 절였던 짠 소금물 찬으로 먹곡
보리범벅 밀기울 범벅먹곡
삶은 톳 물에 불려 밥해 먹곡
자기 밭 두고도 풀칠 못하던 세상
유기그릇 소낭껍질 고구마 공출 가
식솔 아홉에 죽지 않고 살만큼만 먹었습니다
덩어리 우유, 썩은 감자 먹던
온몸이 가락가락하고 와싹 와싹해도 외치지 못했습니다
노릇노릇 아기 죽어도
셈에 들지 못했습니다

_____
*먹고

64

하늘레기 고냉이할미 게자리 무릇
우마가 먹는 풀은 다 식량이었던 시절 이야깁니다
물 못 먹고 퉁퉁 부어서 죽던 시절 이야깁니다
아아
누이가 죽었는데
죽은 누이 돌아서서 이제 밥 한 술 더 뜰 수 있겠네
생각하던 그 시절 부끄러운 이야깁니다

(2003)

북촌리 옴팡 밭 애기무덤 앞에서

아직 돌밭 잠을 자고 있구나 아가야
어디 용암의 대지에 드러누웠느냐
허옇게 허우적거리는 손짓처럼
하얀 문주란 꽃잎 새로
핏물 마른 돌무덤 더 뜨겁구나

어머니, 이젠 울지 마세요
왕볕 후끈 중천에 퍼런 왕모시풀
북촌리 옴팡밭

앞서거니 뒤서거니 서슬로 무장한 바람
단숨에 섬을 휩쓸고 간
그 날 이후
나는 맨 처음 숨소리도 못 냈죠
무수히 섬의 가슴으로 몰아치던 광풍
나무 둥치 무너지는 소리에
놀란 내 넋은
으스스한 밤마다 헤매 다녔죠
두려움에 벌벌 떨며

나는 기다렸죠 어머니
거칠 것 없어진 날카로운 바람은
깊고 검은 숲을 뚫고 나를 쫓아 왔어요
내 여린 어깨를 후려갈기며 나를 움켜잡았죠

어머니, 이젠 울지 마세요
내 넋은 용감하게 버티다
실거리 가시낭의 노랑 꽃등이거나
밭담가의 호박꽃이거나
엉겅퀴 봉숭아 꽃잎이거나
단단한 돌빌레의 수련이거나
뿌리까지 불 밝히는 살별로 되살아나죠
살아남은 새벽이 올 때까지

(2003)

그해 겨울

어쩌랴
타오르던 가문 날의
목뼈까지 적시던 목 타던 세상 얘긴
청춘이 지나가는 소리를 내며
너른 이파리에 자지러지던
꼼짝 꼼짝 고사리 꼼짝*
제주 한라산 고사리 꼼짝이면
어쩌랴

대문 없던 마을이 꼭꼭 대문 걸고
삶도 걸어 잠그고 그랬다지
헐어내지 못하던 밤마다
쓰여지던 자옥한 섬의 역사
집집마다 겹겹 차단된 잠을 쌓았다지
배롱배롱 구멍 난 돌 틈 마다
아픈 가족사의 봉분 하나씩 늘어나던 그해 겨울,
독한 마늘 냄새 뿌리고
머리 숨골 쭈뼛하게 날선
마음마저 봉두난발한 남정네가

_____

*제주민요(동요)

68

거적대기에 싸맨 호열자의 여린 주검 묻었다지
(오오, 제발 버릴 때도 되었으나 버리지 못한
어둠 속에서도 나를 노려보는 으슥한 눈초리 보여)

어떠냐
복병처럼 엎드려 있는
납득 없는 봉분들
지날 때면 뒷골 서늘한
그 세월의 헛묘 얘긴
그만 두면 어떨까, 속삭이지만
검실검실 제주바다 묘역으로
한번 와서 봐라
내팽개쳐진 세상의
토악질한 것들 받아 마시고도
완강하게 날아오르는 저기 저 시퍼런
깃세운 까마귀떼

(1993)

종달리 소금밭을 지나며

부피로 알 수 있나요
어디 온전한 날개 있어
길을 잘못 들어도
소금밭에 뿌려진
희디 흰 뼛가루를 볼 수 있나요
버릴 만큼 버린
생각 없이 흔들리는 갈대숲 사이로
여행길 애인들은 끼리끼리 꿈을 날리지만
부당하게 흩어지던 여린 목숨들은
어디로 갔나요

(1992)

김만오 씨*

기억한다
오방화, 나의 어머니
물 허벅이 깨어지던 날을
조이삭 타작하던 앞마당 대숲 무너지던 날을
총알은 공동수돗가에서 물 허벅을 지고 오던
어머니의 왼뺨을 뚫고 날아갔다
마당으로 뛰어든 어머니
그 위로 황급히 포갠 내 엉덩이 뚫고 사타구니 가로 질러
또 다른 한발이 가로 질렀다
내 열여섯의 여린 뼈
어머니 허벅지의 살점이 낙엽처럼 떨어져 나갔다

그때 총소리 터졌다는
그때 난리 났다는
소문 한 번 듣지 못한 때
말해다오, 도대체 내 꿈의 가치가 어떻게 흩어졌는지

---

*48년 11월 4일(음) 당시 16세로 군 토벌대의 무차별 총격으로 어머니와 함께 총
상 입고 55년 동안 썩어 들어간 흉터 안고 살고 있다. 2003년 71세.

하늘마저 숨소리를 멈출 때
정신 놓아버린 내 의식은
부엌까지 기어가 쓰러졌지
곪을 대로 곪아 부은 허벅지로
폭포처럼 흘러나오던 고름 줄기
한번 썩고 난 뒤라야 새로운 가치가 자라는 것일까

어머니 뺨의 흉터와
음각 양각 내 몸에 새겨진 흉터와 나는 살아왔다

어머니가 살고 내가 죽는다
내 죽고 어머니가 산다
예측만 무성터니
어머니보다 더 오래 내가 산다

그저 입을 다물 따름이지
어머니 목숨 하나 베고 누워 있자니
한 어둠을 베고 누워 있자니
그저 입을 다물 따름이지
상처에 빛이 오고 바람 불고 빗물이 스며들 때까지

(2003)

72

이런 죽음은

살다보면
혹한처럼 사건도 일어난다지만
이런 죽음을 설명할 수 있나
고내리선 콩을 꺾고 있다가
조밭의 검질 메다가
느닷없는 죽임을 당했다지
구엄리 이두연의 처는
아기를 낳는 순간 죽었고
김만호의 모친 이춘생은
아기를 받아주다가 같이 죽었다지
그땐 사람이 내는 소리가 아니었다지
소울음 소리 내던 그때였다지
부모님 불에 타 죽곡*
동생은 신촌서 죄 없이 죽곡
허벅에 물 긷고 오던 고모님
군인이 길 묻자 놀란 표정 때문에 죽곡
시월 열하루 날 동팔이 아버진 솔잎 눌에 숨었다 불에 타
죽곡
애기 밴 어미가 아이 둘 데리고 숨었다 들켜 죽곡

(2003)

---

*죽고

빌레못 동굴*의 두 모녀

-강요배의 '빈 젖'을 보고

45년 동안
처음 두개골은 아마 한 몸이었으리
꼬옥 껴안은 자세, 굳게 감긴 눈
이미 식어 빛 잃은 눈동자
두려움도 없었으리
가녀린 몸체 실파처럼 갈기갈기 부서질 때
이윽고 모든 희망은
고구마 무리같이 무더기로 썩어 갔으리

누구 하나 빛을 트지 않았던 캄캄한 빌레못 동굴
이미 살과 뼈는 흙으로 화해 버렸으니
두 모녀 여린 형상 본 이들은 듣지
애야 걱정 마라
빛이 사라졌지만 두려운 건 어둠이 아니란다
두려운 건 길 위에서 길을 잃은 희망이란다
빈 젖 있는 대로 쥐어짜던 어미의 파삭한 소리 듣지

---

*북제주군 애월읍 어음2리 소재 터널식 용암동굴. 동남쪽에 빌레(암반)못 가에서 약 70미터 떨어진 곳에 위치. 73년 구석기유물이 발견됐고, 4·3때 피난생활을 했던 유적지.

영하에선 밖에서도 푸른 연기 새 나온다는데
왜 아이의 여린 열은 나오지 않았을까
어둠만 알토란같은 샛된 숨 할강할강 삼키다
파랗다 못해 짙은 갈색으로 저물어가던 아이의 맥박
싸늘해졌다네
아무도 모른다지
맥 풀린 덩굴손처럼 머리 떨굴 때
두 모녀 어떻게 한 몸이 되었는지를

1989년 4월 12일 한 사내
긴 비닐 끈으로 길 트며
이 구부러진 미로를 헤쳐 왔다네
구석기 황곰뼈 발견했다고 매스컴이 흥분했지
좀 더 더듬거릴 때, 두 모녀
그제야 파들대는 푸른 어둠으로 떠 있었지
이제 그 아이가 지어미 되었어야 옳겠지
그 어미가 백발이 되었어야 옳겠지
처음 어둠을 열고 빛을 부려 놓았을 때
두 모녀 두개골은 삭을 대로 삭았으니
꼬옥 껴안았던 형체만이 그림자로 남아 있었지

(1995)

지금은 유채꽃 필 때

그런데도, 산자들은 참으로
댕댕이덩굴처럼 질긴 목숨 줄이었습니다

그대여,
지금은 높은 산 왕성한 조릿대 숲 지나
골골마다 묻어 둔
수림의 꿈들이 그리운 집들을 찾아갈 때
바다 위로 유채꽃 피었다 질 때
남편 아들 손자 며느리 앞세우고
내 사랑 애기달래 씀바귀 봄풀로 살아날 때
그대여,
그리운 이들 먼저 앞세워
눈 먼 시간도 역사도
폭낭* 등걸 몸통으로 늙어 가는데
노랑이 분홍이 너울지는 봄날
하늘거리는 명주바다 속맘을 아시나요
아예 눈뜨기 싫어
용암같이 딱딱한
헛심장만 쥐었다 내려놓는

---

*팽나무의 지방명.

76

가슴팍 돌 소리 듣나요
견딘다고 견딘 것도 아니지만
짐승처럼 문 틈새로 기어오는 이 봄날도
그대여, 그냥 그대로의 봄날이 아닌 줄 아시나요
피뿌리풀 색깔 짙은 봄 바다로
지금 사람들 몸 풀고 마음 풀고 오고 가지만
그만 송악 덩굴 검은 슬픔 삼키는 봄날입니다

(1995)

제3부 흙

흙

한때는
수국 한 덩이도 한 사발 이밥으로 보이던 때가 있었지
한겨울 눈발도 기어이 흰밥으로 보이던 때가 있었지
내버린 것들 쏙쏙 품어 내보내는 대지에서
검은 흙살 절인 배추결 그윽하게
늙은 삶 솎아내듯 닦아내던 할머니
그때 푸릇한 나물 맛, 세상은 따스했지

그러나 지금 우리들은 모른다
거리는 낡은 신문 팽개치듯 오래된 추억을 휘덮고
높은 창문은 길 잃은 별들 안식이 되어주지 못한다
흙 길을 지우고 있다
지우기전, 보라
언 땅은 언 채로 단단하고 완강하다
명아주이거나 강아지풀이거나 어디 버릴 데 없는 것들조차
허옇게 마른 몸들까지 흙의 몸으로 버티고 있다

붉게 패여 가는 저 대지 위로
눅진한 노역도 묻혀가고
한 톨 쓰디 쓴 희망도 서북풍 칼바람으로 길 떠나

사랑 없는 헛심장도 푹푹 썩어 하나의 덧거름이 된다면
우린 갈아엎은 흙 몸으로 태어나면 안 될까

싸락눈은 싸락눈 이상이 아닌 아무 것도 아닌 시대에
고향은 흙길을 지우고 다 지울 태세를 한다면
우린 무엇이 되어야 하나
맑은 들바람 언덕속살 벙싯 열어젖힌
한때는 흙바람이었던 우리는
이제 새 흙 갈아 엎은 밭으로 다시 태어나면 안 될까

(1996)

송악산*

제주도 송악산
동쪽해안 한 모퉁이엔
그 옛날 이곳에서
춤을 추던 기생 발 헛디뎌
칼절벽 아래로 떨어졌다는 여기암(女妓岩)이 있답니다
후일, 바다 물결 벼랑에 부딪힐 적마다
애절한 울음 울었다는

송악산 검붉은 분화구에 서면
안으로 참다못한 바다가 장렬하게 몸을 태우곤
처음은 높은 데서 낮은 데로
다음은 높은 데서 그 위를 덮으며 도모하던
용암의 주검이 만져집니다
새의 영혼으로
나무의 영혼으로
온갖 물고기로 소리치던 넋들에
층에 층을 이루며 거대한 몸을 덮쳤겠지요

송악산 바람둔덕은

---

*절울이. 제주도 남제주군 대정읍 산이수동에 위치한 해발 180미터의 오름.

사랑도 흘러가고 애증도 흘러가고
길고 긴 갈등도 초승달처럼 피어났다 부서지는 곳
참다못한 파도가 풀잎에게 말을 청하고
스스로 들끓다 요동치다 침묵하는 곳
마음마저 아득한 날 벼랑에 서면
절벽이 울적마다
이 산 저 바다 경계에 서면
차마 버리지 못한 사랑하나
이제는 결단하라 간곡하게 소리치고 있습니다

(2002)

고구마 줄기를 당기며

비오는 날 할머니
빈 밭
캐다 남겨둔 고구마 줄기를 당겨본다
아직도 남아있구나
따스한 체온, 할머니 발 담갔던 자리
줄기에 줄기를 더해
캐내고 캐내도 더 살아난다

할머니 혼잣말로 마음 다스렸지
모든 길이 두렵구나
고구마 줄기처럼 당기면 당길수록 늘어나는 아픔
잡아 휘어잡으면 달아나지 못하는
절대, 다시는 돌이킬 수 없는 거지
그래, 그런 일이 다시 일어난다면
왕고구마 아니더라도 슬며시 잡아당겨 본 줄기
흙의 틈새로 비집고 들어가
방울방울 빛나는 그 알갱이
알 듯 모를 듯
말할 듯 안할 듯 남기고 떠난 할머니
그 미소처럼 달려 있다

(1995)

비의 숲

마음엔 빽빽한 빗발이 그치지 않는데
내 모순된 사랑과 싸우다
숲으로 갔습니다
보랏빛 한라돌쩌귀 귓불까지 웅크려 떨고 있습니다
귀 밝고 눈 밝은 나무들은 다 안다는 양
나를 비웃습니다
상산나무 비죽비죽 젖은 채로 웃고 있습니다
아무도 없는데, 들키지 않았기에
젖은 채로 울고 있었습니다
바로 그때, 소리가 들렸습니다
"걱정마라, 아무리 젖어봐라
뼛속까지 젖기야 하겠느냐"
오랫적 어머니 말씀
돌아보니, 아무도 없었습니다
한 그루, 함께 젖는 것
그 한 그루 밖에 없었습니다

(2003)

호미로 그 눈물을 누르고 싶다

할머니는 가끔 눈치 채지 못하도록
깊은 어둠 부서질세라 부스럭대며
호미하나 쥐고 농사도 안 보이는
울 안 밭담으로 들어 서셨다
그리곤 익숙하게 등을 구부리셨다
북으로 검은 물살 꺾일 때
할머니는 서북으로 고개 돌린 억새숲 가시낭숲
자드락길 사이로 휘이 구비 돌아
돌아오셨다 그 이유를
나는 알 길이 없다
살다보면 살 수 있다는 말씀의 깊이를
나는 알 길이 없었다
할머니 타 넘으셨던 검은 밭담 홀로 들어섰다
그 안으로 내 청년에 이미 떠난
할머니의 꽈리 같은 눈 따라와 멈춰 섰다
언뜻 아직 언 땅 위로
떨어져 아직 마르지 않은 눈물 보았다
가벼운 몸이 무겁게 내려 앉는 흙살갗으로
스며들수록 깊숙해지는 슬픔을 보았다
나는 차마 할머니처럼 호미를 들이 밀 수가 없다

비록 닿을 수는 없겠지만
아무도 안 보이는 곳에서
홀로 파내고 꾸욱 누르고 있던 할머니 눈물
일으켜 껴안고 싶다
현무암처럼 견고한 눈물을

(1995)

돌밭

어느 생이 먼저 한 어둠을 앞서서 갔나
쓰린 기억의 눈발들이 갈래갈래 부서지며
빈 벌의 어둠을 누른다
화산재 뜬땅 밟듯
시퍼렇게 질린 양배추의 미간 사이로
촘촘히 살 뚫고 들어가는
견딜 수 없이 콕콕 찌르는 별
젖은 몸, 헐한 마음의 저녁까지 따라와
험한 세상, 둘둘 휘말고 있구나
네 생의 비린 길녘도 안다는 양
파르스름한 상처, 길 트는 호랑가시나무
엉킨 삶 하나씩 풀어내고 있구나
원하지 않아도 살가운 것들
잃어가는 대지 위로
별무리 들나방처럼 달라붙어
어머니 심장 에인 눈발처럼
덤불 흙밭 굳은 삶을 하얗게 에우고 있다

(1996)

선흘곶*

황무지가 팔렸다
종가시 참가시 아그배 인동 백서향도 모두 팔렸다
메추라기 검은 딱새 방울새
모든 기다리는 것들이
빈 벌 휑한 나뭇가지에 엎드린다
나는 한 톨 씨앗처럼 엎드린다

길 지워지는 숲을 확인하는 날이 많아진다는 건
그리움을 확인하는 날이 많아진다는 것

아직 황무지는 무사하다
콩콩 멧비둘기, 복닥거리는 햇살
흔들리는 마음을 먼저 찌른다
비겁하구나
숲은 가만있는데
지금 저 왕성한 숲을 사람이 먼저 배반하려 하느니
세상은 참 믿을 만하지 않구나
보이지 않는 검은 손들이 휭휭 맴돌고, 노리는 숲

---

*북제주군 구좌읍과 조천읍 접경 중산간에 위치한 해발 60~150미터의 숲지대.

소리 감춘 채 나날이 무성해지는
그 소리의 깊이를 생각한다
나이를 먹을수록 숲은 숲으로 살아올라
크고 너그러워지는구나

가자, 저린 삶이 몸 풀고 쉬어가자 하는구나
수림의 꿈 채이고 섞여드는 밤
절룩대며 쌓여 가는 삶이 보이나니
어디서 큰 발자국 소리 내며
성큼성큼 달려오는 소리 들리나니

(1998)

돌작밭

꿩빌레라 부른다지
북제주군 조수리 굽은 길 돌고 돌아가면
자갈들이 밭 한가운데로 모여 사는 돌의 세상이 있다
착한 눌의 어깨처럼 비비고 머리 위 아래 박고 사는
삶의 밝음과 그늘을 맨 바닥으로 누르는
그 돌작밭의 가운데에
시퍼런 송악 군락 울울하게 지붕 덮은
돌의 집이 수십 채 있다
이미 돌의 집을 지은 이는 없다
대지는 오래 전 거둔 뒤로
한 번도 거둬 본 적이 없다는 데
지금도 이 밭은 씨앗을 품어줄까
지금도 이 밭은 내 자궁을 받아줄까

냉 새벽이었는지 탱탱 불볕이었는지
이삭 캐듯 깊은 돌 고르고 골라냈을 것이다
한참 고르다보면 돌의 얼굴 보였는지 안보였는지
그때 뿌린 씨는 결국 고통이었는지 희망이었는지
그들이 거둬낸 손의 기억을 알고 있는 이
저 돌밭의 여정을 알고 있는 이 누굴까

자갈 틈새로 돌과 한 몸이 된
바람이 이러저러 떠나지 못하고 사는구나
돌의 집 지은 손의 노동만 떠다니는 봄빛 오후
돌작밭 귀퉁이서
터질 듯 말 듯 눈치없는 푸른 싹 하나
그 너머로 와르르 갈아 눕히는 완력의 저 기계 차
노도처럼 놀라 비명 지른다

(1999)

교래리를 지나며

숲의 깊은 늪지대에 빠져 말을 잃어버린 저녁
너울진 북쪽 능선으로 들어가 나는
은밀하게 속맘 섞고 싶다
깊은 속눈썹에 꽃게처럼 걸려
눈물 괸 층층나무 층층꽃 흩어진다
언젠가 말하지 않았던가
그대, 언젠가 이 능선을 이해하는 날이 오면
흰 살의 등판으로만
하얗게 흔들리는 이 산야를 눈에 담다보면
그렇지, 저절로 말씀이 없어지지 않겠는가
굴헝진 덤불가로 바싹 다가가 낮게 이동하는 목소리
이동하면서 더 낮춰지는 소리
박하향 밀어내는 저녁으로 쏠려가다 보면
고요해지지 않겠느냐
그러면 숲의 가장 깊은 곳으로
참혹하게 말을 빼앗긴 자의 목소리를
이해하게 되지 않겠느냐
기다려라,
말이 소용없어지는 숲의 나라로 가서 그윽해 질 때까지
그 날이 이 날에 이르기까지 그대는 꼼짝없어지고

늙은 사스래나무의 아랫도리에 가려 안 보이는,
가슴만 넉넉하고 풍요로운 이끼의 저 솔잎 고사리,
둥긋둥긋 올라오는
순이라도 키워야 하지 않겠나
그렇다면 그대
어디선가 푸른 넋으로 떠도는 말들을 받아주지 않겠나

(1993)

그 바다, 적산가옥

그렇게 한 시절
담벽이 허물어져 가도록
그 자리에 앉았습니다
고통도 띠풀*같이 분방하던 세월, 숨은 별처럼
숨어들었던 바로 그 적산가옥
비양도 비린 놀이 고통 없이 바다로 하강하고
그 앞으로 연분홍 나팔꽃 진분홍 붓꽃이
가늘게 눈을 떴습니다
그해 그날도 눈을 떴을까
누런 콩밭 탁탁 벌어지는 여름
적산가옥 남루로 버티더니
아직도 썩어들 내부가 남아 있습니다
붉은 녹물 피어난 그 적산 철문 너머로
외딴 마음 하나 갖다 대면 곧 허물어질 닫힌 창문
구태여 돌아갈 곳 없는
내 마음의 요새입니다
어디로 갔을까 먼 바다 저어와
그 시절 적산가옥 위로 날던 가마우지는
물속 물 밖으로 나와 숨뱉던 갈매기 떼는

*제주에서는 초가지붕을 이는 '새'를 뜻함.

96

낡은 누각 위로 허망을 떠는 천상쿨 갸웃거리고
거기 그 자리에서 아직도 떨어지지 않는
그 바다, 적산가옥
차가운 인공 둑이 앞장 서
화들짝 물길을 지우고 섰습니다
온전히 뻗지 못한 사랑하나
지우며 섰습니다

(1993)

다시 칸나에게

눈물로 갈 때, 너는 더욱 빛이 나고
아득함으로 갈 때 너는 더욱 가까워
더운 피가 모인 강이 보인다
핏발 선 기다림의 눈가로 콸콸
쏟아져 오는 유월의 붉은 눈물 흐르는
차마 어둠이 어둠 위에 내리지 못하겠다
차마 햇살이 햇살 위에 내리지 못하겠다
누구라도 네 이마를 치지는 못하겠다
풀길 없는 유폐의 심장이여,
나만 유폐된 것이 아니구나
이미 너도 나도 구금의 시간에 갇혀 있다
유리된 집안 방벽으로
참을 수 있는 데까지 참을 수 있는 법을 아는 자에게만
수 천 수 만 평의 가슴으로
수 천 수 만의 바람이 몰아친다
안보고도 볼 수 있는 법을 아는 자의 깊고 그윽한 눈을
나는 아직 갖진 못했다만
슬픔으로 갈 때 너는 더욱 눈부셔
네 속으로 흐르는 강 사이로 누군가 이 밤
건너려고 하는 자의 발자욱이 보인다

(1985)

98

감자를 먹는 아이들

살그락 산박하향 타고 올라서 내려간 감자밭
햇감자 하얀 꽃이 쑥 올랐다
또랑진 눈 뜨고 몸 푸는 어린 것
평화가 보였다

아침 신문엔 감자를 먹는 북쪽 아이들
눈망울로 가득 찼다
휑한 눈, 볼록 배, 터진 발가락
맨 발의 꽃제비들이란다
빈 그릇 앞에 놓고
아이들이 감자를 먹는구나
감자가 아이들을 먹는구나
우리가 먹는 건 감자가 아니다
우리가 먹는 건 식량이 아니다
거기 아이들이 먹는 건 목숨이다
감자밭 가녘으로 뉘엿뉘엿 죽어서도
감자 꿈을 꾸는 아이들 있다

(1996)

오백 나한

마침내 이제는 입을 열어야 하리
싸늘하고 흉흉하고 침침한 어둔 숲
바람은 수 천 수 만 갈래로 찢겨져 독한 뿌리의 울음 운다
눈, 코, 귀 열린 숨길 다 찾아 쟁쟁거린다
길고도 궁금했구나
언약 없던 산사람들의 안부는 전할 수 없는 것이냐
분열된 영혼은 영혼끼리,
안으로 안으로 제 몸의 열기를
삼키던 청미래덩굴
삭정이에 무병한 세상 꿈꾸던 세상
이미 늙은 산으로 유숙하지 않았더냐
누가 시커먼 어둠 앞에선 허물이 안 보인다 했나
누가 꽝꽝 언 겨울 숲에선 울음이 안 들린다 했나
가로 세로 마음대로 떴다 지는 태양처럼 활처럼 뼈마디처럼
닫힌 울음소리 들숨 날숨 숨길을 트게 해야지

독한 울음은 살살 다뤄야지
바람은 바람대로 흙은 흙대로
우리 마음 살 아닌 게 있나

용렬하다 하진 마세요 어머니
유산처럼 상속한 관절 끄을고 어디로 가시나요
날짐승 분란하는 이 밤
언젯적 칼 찬 무사들이 여기 번쩍 저기 번쩍
소금밭 헤치며 달려오고 있네요
갈적삼 산 너울로 오신 당신, 삶이 먼저 가 기다리고 있으니
아, 도처로 울고 있는 길 위에서
너울너울 춤추고 있겠어요
마침내 당신 검은 울음 땅 끝으로 흐르면

(1990)

안 보이는 섬

기어코 모든 것 버리기로 한다면
기어코 모든 것 묻어버리기로 했다면
가두에서 출렁이는 삶아
뒤집히고 무너지고 부서지더라도 마을마다
흘러가는 잠으로 마침내 되살아나야지
기억나지 않는다고, 추억에게 말하지 말아라
과거 살별 돋던 벌판을 생각해야지

고단한 목부의 등판 위로
별들이 내려와 꽂힐 때
고샅길 돌아오다 보면
아무렇지도 않게 거처도 없이 숭숭한
염문들이 밤길을 떠돌고 있구나
병든 상수리 잎에 폭설이 집을 짓는 동안
난세에 떠났던 사람들이 돌아와
지층을 뚫는 소리 들린다
언덕 붉은 흙 위와 땅 아래 붉은 지층이 엷어지고 있다
그렇지, 아무려나 성성한 풀숲의, 윙윙거리던 기억의,
산수국 만발한 길섶 발갛게 물들던 누이의
기쁨도 이제 따라온 새로운 추억 위에 누일 수 있겠나

섞이고 섞여서 살아본들 빌레숲
아름다운 뒤섞임만한 삶 있겠나
무너지고 난 뒤 집 한 켠 수리야 쉽지
어디 에움길 땅버섯처럼 자라던,
잊어야 할 것들은 잊지 못하고
버려선 안 될 것들은 버려진 마음밭
무너지는 것들 위로 얼마나 무너져 내려야
그리운 유택 떠났던 바람까마귀도
물총새도 장구벌레도 풀잠자리도
집으로 돌아올 건가

(1990)

구룡폭포 가는 길, 정래섭 씨

첫 금강호 타고 북 가던 날
뱃머리로 배 밑바닥으로
갈매기떼 함께 하강했다 상승했다 먹바다 밝히며
동해 먼 바다로
펄럭 펄럭 안개꽃 날렸다

구룡폭 가는 길
같은 조 옆자리 예순 여섯 정래섭 씨
안경 알 닦고 또 닦으시네
고향의 그때 그 풀 한포기 잘 있는지 어쩐지
또랑또랑 본다기에 아내가 새 돋보기 맞춰 줬다네
창터 솔밭 매끈 미인송 금수다리
너럭바위 무대바위 봉황바위
온갖 그리운 것 응축된 뜨거운 완결
흰 뼛골 서늘한 화강암 사무치게 쳐다볼 때
그때 그 작은 바윗돌에 표적하나 했었는데
자꾸 자꾸만 헛발 디디시네

구룡폭 되돌아 버스길
그때 그 빨강 도당집 옛 집터 바로 저긴데

벚꽃 피면 까륵대며 볼살 오르던 육남매
눈에 송송 귀에 송송
저기 저 고샅길 돌아 복사꽃 마당인데
젖빛 산 너울 괸 마을은 어디로 갔나
정래섭 씨 자꾸만 맑은 돋보기 닦고 또 닦으시네
장자 손 하나만 달랑 붙든 아버지,
이 싸움 곧 끝나면 돌아온달 때
한길 넘는 눈 숲 헤치고 길 위에 파랗던 어머니 버선발
안보이네, 도무지 안보이네 돋보기 알 닦아 봐도

속초 사는 정래섭 씨 간혹 전화 오신다
그때 찍고 온 운전리 내 고향 말이지
돋보기 닦았는데 왜 이렇게 부연거야, 잘 안보여

(1998)

어느 잠녀의 일기

매운 가문의 내력을 알겠느냐
대나무 숲 수직으로 솟은 심지로
당당히 버텨온 네 어미
속으로 돌고 돌다보면 터질 것 같은
가슴엣 게 뭔지 알겠느냐
네 삶이 빛나는 것이더면
그 삶을 다스려온 내 위태한 삶도 기다려라
칡덩굴 휘휘 감아 올린 돌흙밭 일어
갈매물 저녁답 지나 산전 깊숙이 빠져 나오면
소금기 절여진 치마말기
말릴 수 있겠느냐
차마 가문의 역사로 풀어 헤치면
양이 차지 않다함도 알겠느냐
가슴 저민 영욕도 한갓 결박당한 역사로 남아 있는 법
버릴 수 없는 잉어등 꿈
이 물길 저 물길 돌아오다 보면 보이겠거니
고통이 쌓인 바닷돌처럼 더 검고 견고해지리니
어둑 자갈밭 걸어서 허리 굽힌 집 떠난 꿈
아직도 키우고 있구나
누구든 어미만큼 잠수해 보았느냐

나는 더 무엇을 만나러
신새벽 난바다에 등 하나 밝혀
사무치는 생애 한 척 띄워야 하느냐

(1985)

4부 돌아서 오는 길

팽나무

젊은 그대
아무래도 나는 이 길을 가야겠다
내 몸은 이미 너무 늙어 버렸으나
나의 시간은 매일 젊다
부드럽고도 강한 근육으로 수백 년을 살아왔다
소금바람만 먹고도
한 생을 살아왔다
내 몸의 발원지는 바람이거니
내 삶의 배경은 바람 부는 섬이거니
그렇게 길 건너던 새마저 심한 상처입고
그렇게 내 성한 몸에 상처를 주었지만
차마 이 땅을 떠나지 못하겠다
울퉁불퉁 거친 소금기에 절여지고
폭풍이 끈덕지게 이승의 삶 휘젓고
내 연한 솜털까지 노려보았어도
닳고 닳아질수록 보드랍고 매끄러운 내 피부는
늘 팽팽한 긴장이다

젊은 그대
아무래도 나는 떠나지 못하겠다 이 섬을

내 여린 귓가엔
화산의 불기둥 삽시간에 그어지던 날
온 몸의 수액이란 수액 타들어가 숨소리도 멈춘
하늘 새 비명까지 삼켜버린 그 날
굽이치던 물결이 절벽을 향해
절벽이 물결 향해 통곡하던 소리 들린다
아직도 그 날의 까마귀
목메어 우는 소리 들린다

바람 든 관절 삐걱 거려도
나는 기다릴 줄 안다, 기어이
강하고 오래된 근력으로
돌의 뼈에 견디고 태풍의 육질에 참는 근력으로

(2003)

석공을 위하여

생의 대부분은 돌의 기억이다
돌을 깬다
이리 보고 저리 보고 돌을 붙인다
돌담은 맨 아래 굽돌이 생명이다
그것이 비틀려 봐라
영락없이 윗담은 틀어지는 법
줄을 맞춰 담을 놓는다

큰 돌 아래는 납작하고 작은 돌
큰 것 틈새에 작은 돌 맞춘다
다 쌓았다면 봐라
줄맞춘 제주 돌담을 한번 흔들어봐라
출렁 출렁 파도처럼 구비치나니
오름의 능선처럼 너울지나니
파도는 두 발과 세 발 사이에 흔들려야
합격점이다
기억 해라
중간이 흔들려도 안 된다
휘청대면 다시 쌓아라
10미터 흔들림이

유연한 고무줄처럼 흔들려도 무너지지 않는다

비바람 아무리 발악해봐라
돌의 살을 뚫고 뼛속 바람만 채울 뿐
견딜 수 없을 만큼 휘어져도
절대 찢겨지는 법 없다
용암의 강에서 견뎌낸
저 돌과 돌의 뼈를 타넘다
찢겨지는 것은 네가 몰고 온 바람의 살 뿐이다

(2002)

호박꽃 초롱

나도
따뜻한 꽃등 하나 밝히고 싶네

폭풍전야 오래전 내가 알길 없는
어떤 몸이 떠나버린
연미마을 늙고 외로운 폐초가 한 채
붕붕 신음소리 내는 지붕 아래
환한 꽃등하나 걸려 있네
비에 젖은 호박 덩굴 얼굴 가리운 흙 담벼락
처음 싱싱했을 지붕 위의 짚풀은 깡마른 채
이미 제 몸 다주고도 안간힘으로
지붕을 지키고 있네

나도 꽃등 하나 밝히고 싶네
길 잃은 바람이 다발로 쉬어가는
폐가의 손바닥만한 구멍사이로
턱 괴고 빗방울 응시하는 저 고양이 눈같이 환한
호박꽃 초롱 하나 밝히고 싶네
네 안 침묵 뒤의 설운 통곡을 밝히는 그런
호박꽃 초롱이 되고 싶네

(2003)

늪서리오름

잿빛 새벽 홀로 결빙의 덤불숲을 오른다
그건 아니다, 내 약속 하마 다시 또 온다
그때 약속하지 않았는가
이미 잎 지고 서릿발 허연 몸 부비며 선 숲
지키지 못한 약속
자책하며 두 개의 비트*를 지나 가시덤불 헤친다
아니다, 그때 그건 오해와 편견이었던가
약속은 그런 것이 아니었던가
멍든 이파리 멍든 나무의 몸을
나는 아프게 껴안는다
죽어라 껴안는다
한라산 곶자왈** 때죽나무 늑골에 격렬하게 붙어
떨어질 줄 모르는 줄사철
부끄럽구나 정점을 향하는 저 손
그렇지, 사랑하려면 저만큼은 해야지
그렇지, 고통도 껴안으면 힘이 되는 것을
목숨 걸고 오래 지켜야할 약속
저만큼은 해야지 않겠는가

(2003)

---

*아지트라는 뜻으로 제주에서는 4·3당시 '트'라고 불렀다.
**수풀과 나무가 우거진 곳을 뜻하는 제주어

별

싸락눈은 내리는데
수도 없이 내려 쌓이는데
저 홀로 깨어나 집으로 가지 못하고
한밤중 잿빛 구름사이로
푸른 별 하나 울고 있네
홀로 깨어나 흐느이고 있네
집으로 가는 길을 모른다하네
모퉁이 돌아간 다해도 모른다할까
내 얼굴을 그는 모른다하지 않을까
나는 그 곳까지 갈 수 있을까

자귀나무도 안쓰럽다하고
머귀나무도 안쓰럽다하네
바람처럼
서천 달처럼 왔다가 가고 갔다가 오는
질퍽한 어둠 속에
닳고 닳은 문고리가 우네
누군가
알은 척 마라
섬에서 별 하나 울고 있다고

(2002)

산사나무

옥수수 씨 흙가슴에 파종하는 날
나는 내 몸에 산사나무 한그루 파종했다
처음 그것이 굵고 꼿꼿하게 자랄 때
단단한 대지처럼 붙박이 할 것이라 믿었다
섬긴다면 안으로 깊어지고 넓어질 줄 알았다
비바람 휘몰아쳐도
돌풍이 내 눈을 할퀴어도
내 몸에 향기를 내릴 줄 알았다

그런 어느 폭풍우의 밤
사나운 대지의 갈기가 일순 그것을 뿌리째
쓸어버렸다
파종했으나 결국 하나도 지켜주지 못한 나는
낮은 구릉 모래언덕으로 쓸려가 엎드렸다
11월의 뭇별들이 수리대 바람 치는 방향으로
우수수 밀려갔다 밀려오면서 내 몸의 그것들을 쓸어버렸다
고개를 측면으로 돌린 절벽파도가
빛 그늘을 숨긴 채
파도가 몰아치는 방향으로 취한 듯 꺾어졌다
영락없이 내 몸은 사수바다에 휩쓸렸다

예기치 않은 방향으로 나를 휘몰아갔다
내 몸에서 신경 줄 건드리는 신호가 왔다
내 몸은 고통위로 떠올랐다 부서졌다
냉혹한 고통이 몸과 하나가 됐을 때
비로소
혼절한줄 알았던 산사나무 씨앗 하나 눈을 떴다.

(2001)

뿌리의 노래

깊디깊은 바윗돌 잘도 견뎌왔구나
갯메꽃, 뫼메꽃 살가운 것들 껴안고
잘도 견뎌왔구나
억세게 땅을 움켜쥔 채 늙은 뿌리는
늙은 노래를 부르며 삶을 견뎌왔으니
우린 놀랍게도 무르고 헐은 상처도 싸매며
메꽃, 달개비꽃 보드라움을 노래해 왔구나
질펀한 여름날의 해무
길 잃은 자들 위로 짙게 깔려
버둥거리며 우린 길을 찾아왔으니
막버스가 이미 지나가도 두렵지 않았던 건
삶은 이미 견딤의 시작에서
견딤의 정점으로 향한다는 의지 아니었던가

자갈은 자갈대로 한밤중 자갈 자갈
섬 속에서 떠다니는 섬은 부웅부웅 소리 내며
해무가 지우는 길을 빛나게 닦는구나
들어봐라, 제주 섬 한밤을 빙빙 돌며
떠나지 못하는 뿌리의 울음
견딘 만큼 더 견디라 하지 않느냐

(1997)

120

녹하지*에서

어둠 쓸리는 검은 바다 흐린 마음의 지붕을 덮듯
유년과 청춘의 세월을 내놓고도
나는 오래도록 바다를 모른다
두렵고 흔들리는 미혹의 시대를 살면서
나는 오래도록 정지된 자연만 바라본 것은 아닐까

애솔 푸르게 성숙하구나
풀마른 야초들과 벗이 되고 자랄 때까지
나는 참으로 뾰족한 삶의 가풀막 언덕 아래
낡아서 스러지지 않는 나무의 이름도 몰랐지
야초더미 사이사이로 말똥버섯 캐
생불에 굽거나 날 것으로 서로 맛나게 먹을 때
녹색 지붕 위로 눈꽃처럼 총총 내려 앉은
네 잎 으아리, 코를 대니 향긋하니 어린 살냄새가 흘렀다
그때 왜 나는 몰랐지
왜 으아리는 저슬살이라 불리는지
일찍 무덤도 찾을 길 없는 앳된 눈망울처럼
무더기로 피어나 천진한 웃음 짓는지

---

*녹하지악. 서귀포시로 가는 서부산업도로에서 1100도로를 연결하는 산록도로변
에 위치한 피라미드 모양의 오름.

마음 바닥 고이고 고여 깊은 내 이룬 눈물 고랑
한동안 감춰두고 있다는 것을
그때 왜 나는 몰랐지
햇빛에 지나치게 눈부시면
어떤 아름다움도 소용없어져
말똥 버섯 구수한 풋것의 냄새만 진동하고
온전한 옷가지에 붙어 예까지 따라온 진드기
비겁하게 털어 말릴 때까지
자꾸 아른대는 으아리

지금은 또다시 한 해 지난 결빙의 겨울
꿈꿨을까 그들도 올 봄을 기다릴까
고통같은 용암 흔적 눈물처럼
굳어지고, 그날
이 곳에서 잠복하던 마음들은 어디로 갔을까
으아리 향내가 눈물샘을 자극했다
아, 몇 번 돌아 봄 눈 뜨면
그런 세상, 으아리 환한 세상 올까

(1994)

122

협죽도

제발 나를 놔줘요
강한 구두 뒤축으로 나를 밟지 말아줘요
날이 선 새벽 어지러이
퍼런 살기 번득이며
가슴 탕탕 울리는 땅 끝 소리 들려요
이제 숨죽여 엎드리지 않기
훌쩍훌쩍 무더기로 참는 울음 없기
바람벽에 시달린 죽지가 아릿아릿 무너져요

(1992)

암석

초가을 도너리 오름* 화구에 내 헛헛한 심장
하나 묻고 내려 올 때
그제야 안 보이던 붉은 암석 하나 솟아났다
비틀리고 서로 뒤엉킨 채 잠 못 들던 수중의 시간
갇혀 있는 시간의 지층만큼
거대한 빛의 덩이와 뒤얽혀 싸워 왔다
싸움을 건다는 건 빛을 그리워하는 마음 당기는 일
보드라운 빛 어둠 수렁을 밀치고 들어가
달래고 달랠수록 새벽보다 강한 힘으로 부서져
펄펄 끓는 시간 속으로 분출했다
덜컥 떨어지던 화산의 눈물
차고 냉정한 시간의 덩이
수천만 년 빛의 세월을 지나 바동거릴 때
봐라, 우레를 감싸던 침묵
검은 빛 몸가린 채 뒤엉켜
저기 저 붉은 색조 띤 빗금 깊이 긋는 오름 위로
저 풀잎 같은 암석
분지에 걸려 일어서 줄 모르는 내 청춘 같은

---

*남제주군 안덕면 동광리에 위치한 오름으로 돌이 많아 돌오름이라고도 함. 오름
은 기생화산을 뜻함.

흔들림에 대하여

간혹 사람들은
사람들 마음의 뜰이 얼마나
비좁은 잡풀로 채워진 것임을
쉽사리 눈치 챌 수 없다
부서지고, 흐트러지면서
바람이 뜰 한쪽을 왕왕 흔들어대는 것은
흔드는 만큼 그 속을 비워내고 있는 것인지를 모른다

가령,
나를 달아났다고, 꽁꽁 머리칼을
숨겼다고 해서, 마음아
너는 안 보이는 것 같으냐
사월에도 은성한
순정처럼 쓰러지는 유채꽃 벌판,
부당하게 떠나왔다 떠나가는 한 역사가 스러진다
바람 길로 흔들리며 이우는 유채꽃 호수
호수 속을 가만히 들여다보면
흔들리지 않으면서 흔들리는 것이 보인다
무릇 일렁이지 않는 것이 어디 있으랴
빛에도, 바람에도, 그리움에도

모든 흔들리지 않는 것들은
흔들리지 않아서 더욱 흔들린다

바람으로 채워진 짚단더미 너머
눌리운 우리들 시대의 사랑
치골을 웅숭그리며 확실한 뿌리
더 깊게 더 넓게 내리라 하지만
아직도 우리에게 남은 일은
흔들리고 흔들릴 일

(1996)

1999,세기말 제주

저녁 아홉시 국제공항로 지나
한 구비 꺾어 도두리로 진입할 때
악, 속 배설 드러낸 족보 모른 새 한 마리
날개는 이미 뭉개져 한쪽 뿐
흐릿한 핏자국 피해서 바퀴는 해안도로로 빠졌지
아침 일곱 시 도두리 다시 돌아올 때
껵껵 울고 있는 다른 직박구리
위협하며
빤질빤질한 바퀴는 잴 수 없는 시속으로 헉헉
구실잣밤나무 차가운 어둠 찍는 가등 아래
사차선 날쌘 포장도로 위 민첩한 들고양이
아무리 재빠르다 한들 뛰어들지 말아라
서성이지 말아라
국제자유도시, 메가리조트, 라스베이거스
차이나타운, 자유무역항, 해상호텔
국제도박산업… 빛나는 말들
케이블카 타고 한라산까지 오르락내리락
방목하던 소도 말도
이제 갈 길을 잃었다 서러운 망각의 저편
억눌린 핏자국 푹푹 꺼져가는데 쉬는 흙아,

꼭꼭 숨어라 불도저가 온다
1999, 세기말 제주는 잘도 간다 밤낮 없이

(1999)

돌아서 오는 길

어느 새 저 위세 등등한 호박넌출 마음마저 앗아가
갯질경 찰싹 달라붙은 가슴으로 돌아오는 길
차마 당신 마음의 넌출하나 당기지 못해
초췌한 바랑 하나 짊어진 수행자처럼
가파른 심장의 협곡만 타 넘었습니다
오리나무 싸리나무 상수리나무 후박나무 아카시나무

알던 꽃도 눈 밖으로 나가 화끈거리던
그날 새벽
우수수 당신 눈동자로 우거지던 바람까마귀떼
한치 앞도 안 보이게 무덕지더니
엉경퀴 살코지에 비수처럼 찔린 탈골한 사랑의 등골하나
궂은 날 삭신 으깨듯 허리께의 통증으로 달려들었습니다

(1992)

4·3비극의 절절한 육성

이 기 형(시인)

　1970년대에 시 수업을 한 많은 젊은이들이 그랬듯이 허영선 시인
도 모더니즘 시 숲 속에 깊숙이 빠져 있었다. 1983년에 발간한 그의
첫 시집 「추억처럼 나의 자유는」은 이를 잘 증명해 준다. 주지하는
바와 같이 모더니즘 시에는 민족 민중 역사가 없고 기발한 착상, 다
양한 연상과 비약, 정감의 현란만을 능사로 한다.

　「추억처럼 나의 자유는」에는 4·3시가 한 편도 없다. 그러나 '할머
니의 할머니의/ 숲의 전설들이/ 다시 일어나/ 아가를 키운다' '저문
강, 그 어둠의 너비를/ 작은 물풀로/ 건너야만 한다' '들여다보면/ 정
맥의 푸른 줄기 사이로/ 섬 한 채/ 목숨처럼 떠다니고 있다' 등의 시
구로 미루어 볼 때 허영선은 모더니즘 미로의 숲을 헤쳐 나와 4·3
제주 섬으로 돌아오려는 은근한 의욕을 보여주고 있다.

　이번 「뿌리의 노래」는 첫 시집 이후 20년 만에 보여주는 그의 두
번째 시집이다. 우송해 온 원고 뭉치를 받아들자 제1부 '여인열전' 첫
번째 시 「무명천 할머니-진아영」을 읽고 '이거다'하며 가슴이 뭉클했
다. 4·3때 토벌대 총알에 턱이 날아간 진아영 새악씨가 링거 한 대
맞지 못하고 무명천으로 턱을 싸맨 채 일생을 살고 있다는 슬프고도
애절한 이야기였다. 4·3비극의 선연한 재현이었다.

　비극적 상황의 주인공을 작자와 대비하며 리듬을 살려 시를 엮어

나가는 솜씨가 비범했다. '홀로 헛것들과 싸우며 새벽을 기다리던'이라는 표현은 당시의 현실인식이 정확하고 혁명적 로맨티시즘 정신을 잘 살렸다.

한 편 한 편 긴장과 흥분 속에 읽어 내려가다가 「죽은 아기를 위한 어머니의 노래-남원 '고사리' 김할머니」를 읽었다. '바로 이거구나' 나는 무릎을 쳤다.

연거푸 두 번 내리 읽었다. 임신 만삭의 몸으로 총성에 쫓겨 산으로 달리다가 그만 출산했고 끝내는 핏덩이를 버릴 수밖에 없었다는 놀라운 이야기다.

20세기 중반 남부 조국 밝은 대낮 제주 섬에서 세기의 비극이 어떻게 전개되었는가를 살펴보기로 하자.

시는 '아가야'라는 호혼의 첫마디로 시작된다.

'아가야
거친 오름 능선이 발딱 일어나 나를 일으켰고
나는 맨발로 너를 품고 사생결단 내질렀다
네 곧 터져 나올 숨소리 막아내며 달렸다'

어디를 달리다가 핏덩이가 쏟아졌는가?

'거친 오름 낮은 계곡으로 치달을 때
기어이 너는 세상을 열었구나'
그때의 절박한 상황은?
'와랑와랑 핏물 흥건한 바닥에 너를 내려놓고
불 속 뛰듯 달려야 했다 아가야
갈적삼 통몸빼에 궂은 피 계곡으로
콸콸 쏟아져 내렸으나
너를 어쩌지 못했다 아가야

내달릴 수밖에 없었다'

그때 절통 무비한 산모의 심정을 들어보자.

 '그때 내 몸은 검붉다 못해 뜨거운 용암덩이
나의 몸은 나의 것이 아니었다 아가야
용서해라 사정없는 칼바람은
죄업으로 몰아친 내 심장을 가격했다
너를 버티게 해줄 숲은 어디에도 없었다 아가야
벼랑 위 심장을 억누른 내 생은 내 것이 아니었다
무엇이냐 내 청춘의 기슭 깊숙이
찔레낭 멩게낭 가시덤불에 긁히며 내려친 것은'

 즉, 산모는 자기가 당한 가혹한 운명을 자기 개인 혼자만의 것이
아니고 민족이라는 공동체의 일원으로 당했다는 사실을 감지하고 있
다. '무엇이냐 내 청춘의 기슭 깊숙이 내리친 것은'하고 이미 다 아는
사실을 일부러 의문형으로 제시해 시적 효과를 높였다.
 4·3죄악의 장본인은 바로 반외세와 민족반역세력임은 천하가 다
안다. 시의 끝맺음 연은 그때로부터 반세기가 저며 간 2002년 4월 현
재 작자가 일생 홀로 고사리 장사로 살아가는 여든 두 살 난 남제주
군 남원리의 김할머니를 찾아갔을 때 그의 피맺힌 회고 한을 담고
있다. 할머니의 절절한 육성을 다시 들어보자.

 '내 청춘의 피 흐르던 그날을 생각하면
잊힐 것 어찌 잊히겠느냐 아가야
이렇게도 출렁이는 심장은 다 무엇이냐 아가야
이름도 없었던 네 숨결인양
한밤중 흐느끼는 거친 오름 연노랑 양지꽃

바람 따라 어딘가에서 숨다한 너를 생각한다
등 굽은 고사리에 등 한번 굽힐 때 마다'

흔히들 리얼리즘 시, 민중시에는 서정이 없다, 정감이 부족하다는
지적을 하는데, 이 '고사리 김할머니'는 그렇지 않다고 거뜬히 대답해
준다. 굽이치는 정감이 전편에 철철 넘쳐흐른다. '서귀포 칠십리에 물
새가 운다'는 노래의 서정은 얇삭하지만 이 시의 정감은 높고 깊다.
'여인 열전' 17편의 시는 4·3비극을 직접 체험한 주인공들의 피맺
힌 육성으로 비극사의 진실에 육박해 독자의 가슴을 뭉클하게 한다.
그것은 서정과 결합해 더 가슴 저리게 한다. 더구나 4·3진상조사 보
고서를 통해 볼 때 이 비극사의 가장 큰 피해자는 바로 여인들과 아
이들이 아니었던가. 이 시들은 이들에 대한 집중적인 조망을 해냈다
는데 더 큰 의미가 있다.

제2부 '지금은 유채꽃 필 때'는 4·3유적지를 통해서 그때의 정황
을 시인의 상상력을 동원 여러 각도에서 그려냈다. 제주의 중산간 마
을이 그렇고 다랑쉬동굴, 빌레못 동굴이 그렇다. 1992년에 11구의 유
골이 발견된 '다랑쉬동굴의 비가'를 읽고는 이가 덜덜 시렸다.
1989년 4월 12일 동굴탐색대는 북제주군 애월읍 어음 2리 소재 빌
레못 동굴에서 모녀의 유골들을 발견했다. 이 사실이 널리 알려지자
화가 강요배는 '빈 젖'이라는 그림을 그렸다. 이어 시인 허영선은 「빌
레못 동굴의 두 모녀」라는 시를 썼다. 시인의 상상력을 통해 두 모녀
의 처절비장한 최후를 더듬어보면,

'꼬옥 껴안은 자세, 굳게 감긴 눈
이미 식어 빛 잃은 눈동자
두려움도 없었으리'

모녀가 죽는 마지막 순간 애절한 상념을 불러일으킨다.

'…두려운 건 어둠이 아니란다
두려운 건 길 위에서 길을 잃은 희망이란다
빈 젖 잊는 대로 쥐어짜던 어미의 파삭한 소리 듣지'

자기를 희생하면서도 미래에 대한 희망을 포기하지 않는 모성애이다. 생의 마지막 순간에 부른 이 노래는 모성애의 극치, 인류애의 극치가 아닐 수 없다.

3부는 1, 2부와는 다른 취향을 풍긴다. 거의 모든 시에 철학적인 사색이 엿보인다. 필자가 주목하는 시는 「선흘곶」「다시 칸나에게」「어느 잠녀의 일기」세 편이다.

「선흘곶」은 외래 자본이 제주 순정한 땅을 침식해 오는 데 대한 발언으로 잘못된 개발과 부의 불균형에 우려를 표명하고 있다. 「다시 칸나에게」는 수사로 보아 사랑의 철학이 밑받침 되어 있고, 「어느 잠녀의 일기」는 한 해녀의 긍지 높은 꿋꿋한 삶을 가계적 역사적으로 규명해 놓았다. 두 작품 다 1985년 작으로 어법으로 보아 작가가 모더니즘에서 리얼리즘으로 넘어오는 과도기적 작품이라고 할 수 있다.

제4부 「돌아서 오는 길」의 열 두 편의 작품은 1, 2, 3부에서 제주 4·3과 혈투를 벌인 작가가 한 숨 돌리면서 차분히 제주 섬 삶의 뿌리를 관조하고 있다. 특히 「팽나무」「늡서리 오름」「산사나무」「뿌리의 노래」가 그렇다.

바람과 맞서, 소금바람만 먹고 살아온 팽나무와 산사나무의 운명을 제주민의 끈질김과 낙관주의에 빗대고 있다.

「뿌리의 노래」는 제주의 자연과 잘 어우러진 제주 민중의 의지를 노래했다. 특히 견딤의 미덕을 강조하고 있다.

「뿌리의 노래」 65편의 시는 제주의 자연 역사 민중에 대한 사랑과 열정의 결정이다.

허영선은 22년의 신문사 기자생활을 하는 동안 제주 4·3의 관심에서 벗어나지 않았음을 알 수 있다.

1976년 현기영의 「순이 삼촌」이 탄압을 무릅쓰고 세상에 모습을 드러냈고, 1980년 5월의 광주 항쟁으로 제주 4·3은 망각과 탄압의 철판을 밀어젖히며 그 모습이 서서히 해면 위로 떠올랐다. 그러할 즈음 「추억처럼 나의 자유는」의 저자 허영선은 그때의 심정을 "부끄러웠다"라고 최근 필자에게 조용히 들려주었다. 이 솔직한 고백의 값진 소산이 바로 이번 「뿌리의 노래」이다.

눈물겹고도 피나는 오랜 진통 끝에 제주 4·3 진상을 조사하는 법이 마련된 것은 1999년이고 그 보고서가 정부 차원의 문서로 확정된 것은 2003년 가을이다. 이어 노무현 대통령이 사과했다. 그 진상보고서가 비록 미진하더라도 우리나라 민주주의 발전에 중요한 의의를 갖는다. 이러한 시기에 시집 「뿌리의 노래」의 출현은 그 보고서를 뒷받침 해주는 튼튼한 물적 근거가 된다.

이 시집의 가장 큰 의의는 4·3을 어쩌면 잃어버릴 뻔했던 피해자의 측면에서 발굴해 시로써 훌륭히 복원해 놓았다는 점에 있다.

작자 개인으로 볼 때는 이미 빛을 잃은 모더니즘 시를 버리고 리얼리즘 시로 돌아왔다는 문학적 의의가 있다.

내일의 대성을 위해 정진하기를 기대해 마지않는다.

(민족문학작가회의 고문. 2003.12.24. 용인진산마을에서)

지은이와
협의하에
인지생략

당그래 젊은시인선⑨
뿌리의 노래

● 지 은 이 / 허 영 선
● 펴 낸 이 / 이 춘 호
● 펴 낸 곳 / 당그래출판사

● 초판 1쇄 발행 / 2004년 3월 15일
● 초판 2쇄 발행 / 2004년 4월 15일
● 등록 / 제22-38호 등록일 / 1989년 7월 7일
● 110-071 서울 종로구 당주동 32번지 황금빌딩 102호
● 전화 (02) 722-6603 팩스 (02) 722-6604
● www.dangre.co.kr ● E-mail dangre@dangre.co.kr

값 5,500 원